Homer is a real golden retriever/ yellow lab who was actually born and raised to be a guide dog. He did not make it through the program and was adopted by a family in San Rafael, Ca.

Homero es un real golden retriever / yellow lab quien nacido y criado ser un perro guia. El no lo hizo a traves del programa y fui adoptado por una familia en San Rafael, Ca.

Homer!

Homero!

They named me Homer because it means (promised) in Greek. I live at a special school where we are trained to be service dogs. I was born to be a special friend to a person who cannot see.

Me llamaron Homero porque significa (prometido) en Griego. Vivo en una escuela especial donde entrenamos ser perros de Servicio. Nací para ser un amigo especial de una persona que no puede ver.

 Mama says, "You have an important job to do Homer, which is to be a loyal companion and guardian to your owner."   My mother is a guide dog breeder. It is her job to have puppies that will train to become guide dogs. She is very proud of the fact that she has four successful guide dogs who are helping people every day!

 Mamá dice, " Tienes un trabajo importante que hacer Homero, lo cual es ser un leal compañero y guardián de tu dueño". Mi madre es criadora de perros guías. Es su trabajo tener cachorros que entrenará para convertirse en perros guía. Ella está muy orgullosa del hecho de que tenga quatro perros guía exitosos que están ayudando gente todos los días.

I live at the school with my brothers and sisters until I am eight weeks old. Then one day a man comes to take me away from my mommy! I am thinking I did something wrong and try to hide.

Mama says, "It's all right Homer, you are going to live with your puppy family for awhile. You will come back and we will be together again. Have fun, this is the best part of your life!"

Vivo en la escuela con mis hermanos y hermanas hasta que tengo ocho semanas. Luego un día un hombre viene a alejarme de mi mamá. Estoy pensando que hice algo mal y trato de esconderme. Mamá dice, "Esta bien Homero, vas a vivir con tu familia de cachorros por un tiempo." Volverás y estaremos juntos de nuevo. ¡Diviértete, esta es la mejor parte de tu vida!

We live with a family for over a year so we can learn how to behave in a busy household. There are three wonderful children: Brooke, Davis, and Jackson Capucci. They are Italian, and so is the glorious food! My favorite part is when they all come for Sunday dinner. The family rule is, DO NOT FEED HOMER AT THE TABLE ! However, my favorite Uncle Carmen always manages to drop a little something under the table (but that's our secret).

Vivimos con una familia durante dieciocho meses para que podamos aprender a comportarnos en un hogar ocupado. Hay tres niños maravillosos: Brooke, Davis, y Jackson Capucci. ¡Son italianos y también la gloriosa comida! Mi parte favorita es cuando todos vienen a cenar el domingo. La regla de la familia es, NO Alimentar a HOMERO EN LA MESA. Sin embargo, mi tío favorito Carmen siempre se las arregla para dejar caer algo de la mesa…. (pero ese es nuestra secreto.)

.

They also take me to public places as part of my puppy training. My favorite is "Summer Celebration." It is a big carnival with noise, crowds, music, rides, fireworks, and FOOD! After Davis teaches me not to be afraid of fireworks, I watch the bright colors in the sky. Soon I find myself looking down though, because there is so much food on the ground! Brooke knows everyone, and   whenever she stops to talk—

I EAT !

También me llevan a lugares públicos como parte de mi entrenamiento de cachorros. Mi favorito es "Celebración de Verano". Es un gran carnaval con ruido, muchedumbres, música, atracciones, fuegos artificiales y ¡COMIDA!. Después de que Davis me enseña a no tener miedo de los fuegos artificiales veo los colores brillantes en el cielo. Pronto me encuentro mirando hacia abajo, porque hay tanta comida en el suelo. Brooke conoce a todo el mundo y cada vez que se detiene a hablar -

YO COMO !

COTTON CANDY

I have many happy memories of my days with the Capucci family.

Tengo muchas recuerdos felices de mis dias con la familia Capucci.

Even the times when I would take a bath with Davis and Jackson and we would get in trouble for making such a mess!

Incluso las veces cuando me banaba con Davis y Jackson y nos metemos en problemas por hacer un desastre!

Then there was the time I got into Brooke's Halloween candy.

Después hubo tiempo de meterme en los dulces de halloween de
Brooke.

Boy was she mad! But then she said, "Oh Homer, you are my little
pumpkin boy." and gave me a kiss.

Guau, estaba enojada, pero después dijo, "Oh Homero eres
mi pequeño niño de calabaza" me dio un beso.

It is Thanksgiving Day and the whole family is coming over for the big feast! I am so happy, but at the same time a little sick to my stomach. Although I manage to eat, as always, I am upset because this means it is time to leave my puppy family. My little heart is breaking as we hug and the tears roll down their faces onto my coat. "Can't we just keep Homer!" cries Jackson. The whole family gives me a warm, fuzzy feeling and I feel as if am a part of them. I would like to stay too, but we all know that I have an important job to do. I am Homer !

 Es el Día de Gracias y toda la familia vino para la gran fiesta. Estoy alegre pero al mismo tiempo estoy un poco enfermo de mi estómago. Aunque me las arreglo para comer, como siempre, estoy triste porque esto significa es hora de dejar a mi "familia de Cachorros." Mi pequeño corazón se está rompiendo mientras nos abrazamos y las lágrimas caen por sus rostros hasta mi abrigo. "No podemos quedarnos con Homero" llora Jackson. Toda la familia me da una sensación cálida y difusa y siento parte de ellos. Me gustaría quedarme también pero todos sabemos que tengo un trabajo importante que hacer. ¡Soy Homero!

I return to the school where I am to begin my guide dog training. It is Christmas and I am so happy to be back with mama and my brothers and sisters! I feel at peace and comfortable, yet a bit frightened of what comes next. We have to pass a lot of tests to make sure we are ready. I am a healthy boy and am allowed to go on to Basic Training. Here we learn the basic commands like sit/stay. I do well because there are treats for rewards. Later, they replace treats with praise, like "good boy." I continue to do well, hoping there might still be a treat ?

Regreso a la escuela donde estoy por empezar mi entrenamiento de perro guía. Es Navidad y estoy tan alegre de estar de de vuelta con mamá y mis hermanos. Me siento en paz y cómodo todavía un poco asustado de lo que viene después. Tenemos que pasar muchas pruebas para asegurarnos de que tenemos buena salud. Soy un chico saludable y me permiten continuar con el Entrenamiento Básico. Aquí aprendemos órdenes básicas como siéntate/ quédate. Lo Hago bien porque hay golosinas como recompensa. Más tarde sustituyen las golosinas por elogios como "buen chico". Continúo haciéndolo bien esperando que haya un regalo.

Our school has a Continuation Ceremony for dogs who make it through basic training successfully. Continuation Day has a Hawaiian theme this year. The girls march down the aisle in their hula skirts and we boys stick our chests out in our brightly colored shirts. Mama is so proud that she has three puppies in the continuation class this year. One of us stands a chance! From here it gets much harder and only half of us will make it to the final destination of "Guide Dog."

Nuestra escuela tiene una Ceremonia de Continuación para aquellos que superan el entrenamiento básico exitosamente. El dia de Continuación tiene un tema Hawaiano este año. Las chicas marchan en por el pasillo en sus faldas de Hula y los chicos nos sacamos en nuestros las camisas de colores brillantes. Mamá está tan orgullosa de tener tres cachorros en la clase de continuación este año. ¡Uno de nuesotro tiene una oportunidad! Desde aquí se pone mucho más difícil y solo la mitad de nosotros llegaremos a ser "Perro Guía".

CLASS OF 2018

GUIDE DOG
PUPPY

Now we are ready for field training. Each day, a trainer takes us downtown in a van. My trainer is Judy. She is strict, but nice to me. She teaches me to go around things that are in the way and to sit at the corner and wait for traffic signals before crossing. Sometimes Judy teaches me to disobey her. For example, another trainer races around the corner on a bicycle as Judy gives me the order to move forward. I am confused, but suddenly I realize that Judy is supposed to be blind and can't see the bicycle! I sit down to let her know that we must wait. She gives me a hug and a treat. A guide dog must ALWAYS pay attention to protect his master.

Ahora estamos listos para el entrenamiento de campo. Cada día, un entrenador nos lleva al centro en una furgoneta. Mi entrenadora es Judy. Ella es estricta pero amable conmigo. Me enseña recorrer las cosas que están en el camino y a sentarme en la esquina y esperar las señales de tráfico antes de cruzar. A veces Judy me enseña a desobedecerla. Por ejemplo otro entrenador corre a la vuelta de la esquina en bicicleta cuando Judy me da la orden de seguir adelante. Estoy confundido pero de pronto me doy cuenta de que se supone que Judy está ciega y no puede ver la bicicleta. Me siento para hacerle saber que debemos esperar. Me da un abrazo y una golosina. Un perro guía SIEMPRE debe prestar atención para proteger a su amo.

The second time we go downtown, Judy takes me to a restaurant for lunch. I am so excited, I am drooling from all of the delicious smells. I lie quietly under the table sniffing sneakers for entertainment, while she and her friend Sarah

 eat. Suddenly I smell something much sweeter than feet. We get up to leave and Sarah notices that the bag of cookies she bought is empty! I thought it would be good training if I could eat just 1 cookie so quietly that no one would

 notice. The crunchy, chewy, dough and bursts of smooth butterscotch melting in my mouth makes me want to have another, and another, and JUST ONE MORE, until — they are gone! Judy scolds me. I am so ashamed of myself. I

 hope mama doesn't hear about this !

La segunda vez que vamos al centro, Judy me lleva a un restaurante para almorzar. Estoy tan emocionado, estoy babeanado por todos los deliciosos olores. Me acuesto tranquilamente debajo de la mesa, husmeando las zapatillas para entretenerme, mientras ella y su amiga Sarah comen. De pronto huelo algo lejos más dulce que pies. Nos levantamos a salir y Sarah se da cuenta de que la bolsa de galletas que compró está vacía. Yo pensé que sería buen entrenamiento si pudiera comer una galleta tan silenciosamente que nadie se daria cuenta.La masa crujiente y masticable y las ráfagas de caramelo de azúcar con mantequilla suave que se derriten en mi boca me dan ganas de comer otra y otra y solo una más hasta que - ¡Se hayan ido todas!. Judy me regaña. Estoy tan avergonzado de mí mismo. Espero mamá no se entere de Esto!

The next few weeks we go in and out of buildings, up and down escalators and elevators, and to museums, hospitals, and department stores. It is Friday and I am happy! We are going on our most important field trip, to the grocery store! They usually plan this on a Friday because it is very busy on the weekend. They also have food samples at various places in the store to test our self-control.

 Automatic doors open and Judy leads me inside. There is a lady handing out sandwiches fresh from the deli. I smell roast beef, ham, mustard, and cheese and start to head straight for her, but remember it is my job to stay on task. Judy commands me to move forward down the aisle of cleaning supplies.

Las próximas semanas entramos y salimos de los edificios, subimos y bajamos escaleras eléctricas y elevadores, y a museos, hospitales y grandes almacenes. ¡Es viernes y estoy feliz! Vamos a nuestra más importante excursión al supermercado. Usualmente planean esto en un viernes porque es muy ocupado durante el fin de semana. También tienen muestras de comida en varios lugares en la tienda para probar nuestro autocontrol. Puertas automáticas abiertas y Judy me lleva adentro. Hay una mujer repartiendo sándwiches frescos de la tienda de delicatessen. Huelo carne asada, jamón, mostaza y queso y empiezo a dirigirme directamente hacia ella, pero recuerdo que mi trabajo es permanecer enfocado. Judy me ordena que siga adelante, abajo del pasillo de suministros de limpieza.

It smells so fresh and clean, but then I smell something else. Something takes control of me and leads me right to a lady cooking chicken in a new sauce. I jump up on the table and stick my little pink nose into the pan. It is only a card table and my weight knocks it over. The woman is covered in Teriyaki and I just want to lick her. The manager kindly escorts us outside. Judy apologizes and offers to have the school pay for the damages. "It's only a little food," says the manager. ONLY A LITTLE FOOD, I just want a LITTLE FOOD, I'm thinking! I am so ashamed of myself. I feel like everyone is staring at me as people leave the store.

Huele tan fresco y limpio pero entonces huelo otra cosa. Algo me toma el control y me lleva directamente a una mujer cocinando pollo en una salsa nueva. Yo salto sobre la mesa y meto mi pequeña nariz rosada en el sartén. Es solo un mesa de juego y mi peso la golpea. De pronto la mujer está cubierta de Teriyaki y yo solo quiero lamerla. El gerente amablemente nos acompaña afuera Judy se disculpa y ofrece que los Perros Guía paguen por los daños. "Es solo un POCO DE COMIDA," dice el gerente. ¡Yo solo quiero UN POCO DE COMIDA! Estoy tan avergonzado de mí mismo. Siento que todo el mundo me está mirando mientras salimos de la tienda.

When we get back to the school, I hide in the bushes. All sorts of thoughts go through my head. What will I do, where will I go, who is going to feed me, WHO IS GOING TO FEED ME? An emergency meeting is held. "I'm sorry, but Homer just doesn't have what it takes," says the director. "He gets distracted by food and forgets his job. It has happened before, and it will happen again. We must find him a suitable home, preferably at a restaurant." When I hear that, I am thinking this may not be so bad after all!

 Cuando volvimos a la escuela, me escondo en los arbustos. Todo tipo de pensamientos pasan por mi cabeza. ¿A dónde iré, qué haré, quién me va a alimentar? ¿QUIEN ME VA A ALIMENTAR? Se lleva a cabo una reunión de emergencia." Lo siento pero Homero simplemente no tiene lo que se necesita", dice el director. " Se distrae con la comida y olvida su trabajo. Ha ocurrido antes y volverá a suceder. Debemos encontrarle un hogar adecuado, preferiblemente en un restaurante. Cuando escucho eso, creo que no es tan malo después después de todo.

Since only half of us make it to be guide dogs, there is a list of people waiting to adopt those of us who don't. They try to match dogs with owners who are looking for a certain personality. A lady's name comes up, Ophelia (which in Greek means HELP)! Ophelia Papadopoulos is Greek, and without a doubt my savior. She gets the call and comes in eager to meet me. Of course she falls in love with me immediately. It's like we were made for each other!

Ya que solo la mitad de nosotros logramos ser perros guías, hay una lista de personas que esperan adoptar a aquellos de nosotros que no lo logramos. Tratan de relacionar a los perros con los dueños que buscan cierta personalidad. ¡Aparece el nombre de una dama, Ofelia (que en Griego significa AYUDA)! Ofelia Papaopoulos es Griega y sin duda mi salvadora. Ella recibe la llamada y entra entusiasmada a conocerme. Por supuesto que ella se enamora de mí inmediatamente. ¡Es como si estuviéramos hechos el uno para el otro!

She takes me home where she lives in the country. I smell water and start squeaking with joy! I see a big pond in the front yard and jump in as soon as she opens the car door. Next to eating, swimming is my other favorite thing. Later Ophelia said, "Homer you have lived here for a month and I don't think I have seen you dry once. I am so glad you enjoy that pond. When my grandchildren come to visit they will be delighted to play with you in the water." Suddenly I realize how much I miss the Capucci children.

Ella me lleva a casa donde vive en el campo. ¡Huelo el agua y empiezo a chillar con alegría. Junto a comer, la natación es mi otra cosa favorita. Ofelia dijo, "Homero, tú has vivido aquí durante un mes y no creo que te haya visto seco una vez. Estoy tan alegre de que tú disfrutes ese estanque. Cuando mis nietos vengan a visitarlos estarán encantados de jugar contigo en el agua". De pronto, me doy cuenta cuanto extraño a los niños de Capucci.

Ophelia lives alone. Her husband died and her two children and five grandchildren live far away. Greek ladies love to cook and now she has someone to share all that wonderful food with! Best of all, Ophelia gets to know my puppy family through my guide dog school. She and Mrs. Capucci become good friends and every Sunday we go to the Capucci Family Dinner. Ophelia brings a Greek dish and she and Mrs. Capucci exchange recipes and discuss my favorite topic, FOOD! I get to play with Brooke, Davis, and Jackson and sometimes we even have a sleepover! And—Uncle Carmen continues to drop food under the table for me !

¡Las damas Griegas aman cocinar y ahora ella tiene alguien con quien compartir todo esa comida maravillosa! Lo mejor de todo es que Ofelia conoce a mi familia de cachorros a través de los Perros Guías. Ella y la señora Capucci se hacen amigas cercanas y cada domingo vamos a La Cena Familia Capucci. Ofelia trae un plato griego y ella y la señora Capucci discuten sobre tema favorito, ¡COMIDA! ¡Puedo jugar con Brooke, Davis, y Jackson e incluso a veces tenemos una pijamada! Y— el tío Carmen sigue dejando caer comida debajo de la mesa para mi!

Jane Butler, the author, adopted Homer from a family when he was five years old. It was not clear what his story was, however it was true that he loved food and his family of three children. "He bought much joy and laughter to our home and hearts, and a million unforgettable moments!"

Jane Butler, la autora, adopto Homero desde una familia cuando era tiene cinco anos edad. Lo no estaba clara cual era su historia, sin embargo era cierto que amaba la comida y su familia de tres hijos. " El trajo mucha alegría y risa a nuestra casa y corazones y un millón de momentos inolvidables."

Acknowledgements

Special thanks to all who assisted me in the publication of this book. I would like to thank Leesh Sojven, my Spanish Teacher, for his help in correcting and editing my Spanish translation with enthusiasm and a smile. I would have never finished the publication without the help and encouragement of my fellow colleague, author, and friend, Carlos J. Carrasco. I am grateful for the support of my family and friends. Thanks to my wonderful children Brooke, Davis, and Jackson for making and sharing these memories. And last, but not least, the light of my life, Homer!

Agradecimientos

Un agradecimiento especial a todos los que me ayudaron en la publicación de este libro. Me gustaría agradecer a Leesh Sojven, mi profesor de español, por su ayuda en la corrección y edición de mi traducción al español con entusiasmo y una sonrisa. Nunca hubiera terminado esta publicación sin la ayuda y el ánimo de mi colega, autor, y amigo, Carlos J. Carrasco. Estoy agradecida por el apoyo de mi familia y amigos. Gracias a mis maravillosos hijos Brooke, Davis, y Jackson por hacer y compartir estos maravillosos recuerdos. Y por último, pero no menos importante, la luz de mi vida, ¡Homero!